ネコノス文庫
［キ 1-3］

シリーズ 百字劇場

ねこラジオ

北野勇作

neconos

ネコノス

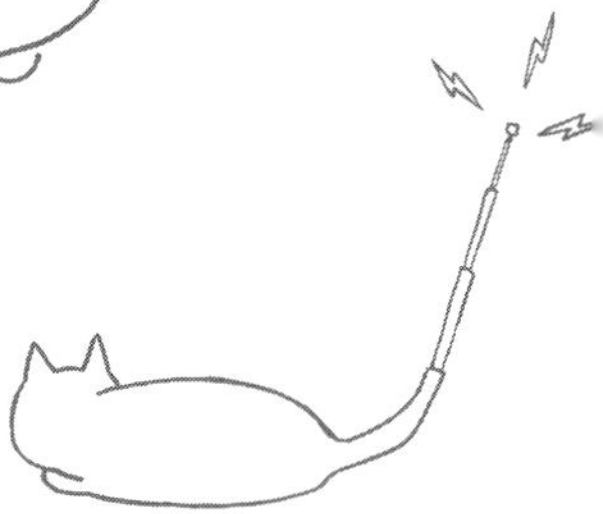

ねこラジオ

二階の物干しのすぐ前に裏の家との境のブロック塀があって、猫の通路になっている。とつとつと肉球を鳴らし、猫一匹分の幅の塀の上を猫が次々に歩いていく。夕方、交通量が増えると、後足で立って横歩きですれ違う。

なあああお、と猫。反対側から
それに答えるように、なあああお。
さらに別のところから、なあああ
お。そしてまた、と犬の遠吠えの
ごとく延々続く。いったい何匹い
るのだ、と最初は不安になったも
のだが、じつは一匹。

なあああお、と猫。それに答えるように、なあああお。さらに、なあああお。事情通によると、これはチューニングらしい。音程に厳しい猫が一匹いると、いつまでたっても曲までたどり着けない。鼠はいなくなるけどね。

あの路地を通るのを怖がっていた娘は、それを言うだけでも怖いから、と理由を教えてくれず、でも四年生になったら怖くなくなってるよ。そんな言葉を信じて楽しみに待っているのに、五年生の娘はまだ教えてくれない。

屋根の上に猫の道がある。物干しのすぐ外にあるブロック塀から隣家の屋根へ飛び移った猫が、しばらくするとはるか遠くの屋根の上に。それが他の猫よりずっと速い猫がいる。猫の道にも近道や抜け道があるのだろうか。

ぱらりるらりぱらりと降り出しに鳴るのは物干しの半透明波型プラスチックの屋根。すぐに台所の換気扇の上に張り出した小さなトタンがとんたとんたたとんと続くのもいつもと同じだが、今朝の雨はその後が違っている。

みあおおお、というその声の高さで遠くからでも子猫だとわかる。ブロック塀沿いのいつもの通路を通って、もうすぐうちの台所の網戸の前で鳴き始めるはず。何度か鳴いて反応がないと次の家へ行く。親猫とそっくりだ。

朝夕に台所の横のガラス戸とブロック塀との隙間を通行する猫の親子。母猫はすたすたとまっすぐ行くが、子猫は木の枝にじゃれついたりブロック塀に前足をかけて立ってみたりと忙しい。母猫はそれをじっと待っている。

小学校前の道路が広げられたとき、うかつに切ると祟りがある、とあの大木はそのままにされたのだが、そんなところに頻繁に自動車がぶつかるのは当然で、結局ある夏の朝、ダンプカーが衝突して倒れてしまったそうな。

離陸直前、娘の手から蛙を没収したのはキャビンアテンダントで、もちろん仕事だから仕方がないが、娘のテンションは急降下。責任を持って自然に還しておきますからね、とにっこり笑う彼女に、還すわけないよ、と娘。

物干しから見えるブロック塀の上を毎朝歩く猫、いつも同じところで立ち止まって振り向き、何かが追いつくのを待つようにして、また歩き出す。あそこを歩けば見えるのかもしれないが、猫ではないこの身には難しいな。

家の前の道に白いチョークで線路が描かれていて、どこまでも続いているみたいに見える。そんなことを思ったのはこの歌声のせいか。ぐんぐん近づいてきて、そのまま通り過ぎた。歌声だけが線路の上を遠ざかっていく。

工業高校の塀の上を歩けば、工場との境目を抜けて商店街の屋根まで一直線、支柱についた梯子を降りれば駅はすぐそこで、かなりの近道。ただ、途中の屋根の張り出したあたりは近所の猫の集会場で、夜間は注意が必要。

爬虫類型怪獣、鳥型怪獣、虫型怪獣、軟体動物型怪獣、魚貝類型怪獣、ヒト型怪獣、その他各種取り揃えております。えっ猫型？　猫型はちょっと。だって、猫型怪獣を攻撃できます？　破壊された街以上に炎上しますよ。

近所の古い家が取り壊されて、その中庭だったらしき一画に小さな社みたいなものがあったのがわかったのだが、それだけは更地にならずに新しい家の工事が始まったから、あの小さな社のほうが本体だったのかな、とか。

隣家との境のブロック塀と台所の脇のガラス戸との間が彼らの散歩道らしい。毎朝、子猫が二匹並んでちょこまかと通り抜けていくのを見る。このあいだまで先頭を歩いていた母猫は、最近はブロック塀の上を歩いている。

広い空き地に猫がいて、家が一軒だけ残っていて、その家の向こうにもう一匹猫がいる。家を隔てて猫と猫は向き合っていて、互いを見ているように見える。家越しに猫には猫が見えるのか、あるいは家が見えてないのか。

まずは猫を描く。描かれたその猫がまた猫を描く。そして描かれた猫によって描かれたその猫がまたまた猫を描く。その描かれた猫たちがさらにまた、とそんな描きかたで描かれた猫たちよ、さあもっと猫を描いておくれ。

ねこだけどねこじゃなかった、と子供たちがはしゃぐ声が表から聞こえてくる。すごく楽しそうだ。しかし、ねこだけどねこじゃない、とはいったいどういうことなのだろうか。つぶやきながら撫でているのは百字のねこ。

おおああおお、おおああおお、と何日か前から夜になるとうるさくて、まあそういう時期なのだろうが、それにしても猫と言うより魔女の声だな、と塀の隙間を覗いてみると猫ではなく小さな魔女たちが集会をしていた。

わあ、全部忘れていきやがった。

上靴体操服給食エプロンの入った袋を掴み、娘を追って小学校。月曜はリセットされるせいか、いろいろ忘れてしまうな。走りながら思う。冬になると桜の葉はけっこう赤くなる、とかも。

動物園でまた猫を見た。前のときもその前のときも猫を見た。檻の前やら塀の上やら植え込みの間を歩いていろんな動物を見て回っているみたいだった。たぶん同じ猫なのだが今回違っているのは、子猫を連れていること。

やっぱりチャイムが聞こえる。

なあ、あの小学校って生徒数が少ないとかで廃校になったよな。なんか卒業生が忍び込んで勝手に鳴らしてるらしいよ、と妻。だからべつに怖い話とかじゃないんだって。いや、充分怖いよ。

縦長の黒い板で、地面に直接立っている。ずっと前からここにある。子供の頃にはもうあった。年寄りの話では、もっと昔からあったらしい。何なのだろうなあ。ときどき、それを囲んで猫が集会を開いていることがある。

空き地に立つあの縦長の黒い板のまわりで集会を開いていた猫たち、最近になって道具を使うことを覚えたらしい。捨てられていた大工道具から工作機械まで、肉球で器用に使うのだ。そんな猫の手を借りに行く者も多い。

いつも歩いている道から一本外れたところに猫の多い路地を発見。家の隙間、屋根の上、物置の下、いたるところに猫の顔があって、いやしかしいくらなんでもこれは多すぎるのでは、と首を傾げてブロック塀の上にいる。

また家が取り壊されて、基礎だけが残っている。通りかかるといつも同じところに同じ猫がいる。あそこがあの猫の定位置だったのだろうか。猫だけが残されたのか、猫だけが残ったのか。そのへんの事情はわからないが。

雨が降っているせいか朝になっても表は暗い。そして雨のせいか二階の物干しが騒がしいが、洗濯物は昨夜のうちに部屋の中に移したから大丈夫だな。物干しでの集会はいいのだが、勝手に服を着られたりするのは困るよ。

なるほど、商店街の脇道からではなく、病院だった建物と銭湯の隙間を抜けてここまでたどり着いた者だけがあのカレーを食べることができるのか。秘密を教えてくれた通りすがりの白猫に礼を言い、カレー屋の前に立つ。

けん玉に娘は夢中。最近は近所のけん玉名人に教わっているようだ。見る見る上達していろんなところにひょいひょい乗せられるようになった娘の話によると、どうもそのけん玉名人、猫らしい。では、名人でなく名猫か。

今日はいつもの参観日と違う。まず椅子の後ろの名札で特定を試みた。椅子にかけた上着のせいで見えないのが数人。だがあの中だな。おおっ、机の中にお道具箱。名前も書いてある。そうか、娘はあんなのが好みなのか。

急須を貰った。増え過ぎたのでひとつ貰ってくれないか、と頼まれたのだ。まるで猫だな。そんなことを思っていると、他からも頼まれた。猫を飼うことになったのでこれはもう手放すしかないのだ、と。急須、猫を噛む。

猫が亀を枕に昼寝をする。猫はひんやり心地よく眠れ、同時に亀は猫から適度な熱を得る。さらにそれを見た人もまた心の平安を得る。適切な熱の交換が行われることにより皆が利益を得る。三方熱量得というやつである。

長屋と町工場の隙間に薄暗くて狭い階段がある。二階くらいの高さでブロック塀に突き当たっているからどこにも通じていないはずだが、その階段を上っていく人をたまに見かける。下りてくる人は、まだ見たことがない。

最近、隣家のエアコンの室外機の上にいつも猫がいる、と思ったら、一体化している。猫と室外機はなめらかに繋がっていて、継ぎ目はない。餌はもらっているらしい。室外機ではないのかな。あるいは、猫ではないのか。

行列は好きではないが、うまいカレーを食うためだし、気持ちのいい雨上がりの路地だ。白くて大きな猫が日向ぼっこをしているのもいいな。と思ったら、猫はどこかへ消えていて、色白で額の狭い男が行列に並んでいる。

最近いちばん嬉しかったのは五段の跳び箱を跳べたこと。いや、給食ジャンケンで勝ってゼリーを二つ食べたことかも。そんな娘の悩みは、男子たちが読書スタンプだけ目当てに図書室に来て、まったく本を読まないこと。

巨大な波が通り過ぎた。人間との間に相互作用はないから、もちろん何も感じない。それでも波がやってきて通り過ぎたことがわかるのは、何匹かの猫がそれに乗ってここから去っていったから。先週の水曜の朝の出来事。

その土地では、地面のいたるところから湯煙が噴出していて、冬の夜など道端の湯煙の中に猫の姿が見えることも珍しくない。ただ、風が吹くと湯煙といっしょに猫も消えてしまう。ごろごろと喉を鳴らす音だけを残して。

ごろごろしゅっしゅとやってきた、あれが噂の蒸気猫。生きているのかいないのか、シュレディンガーの昔より、箱に秘めたるその実態。どこからともなくあらわれて、すべてを湯気で曇らせる。蒸気で出来ておりまする。

ねこまちこまちのいるまちは、ねこまちがおしたねこのまち。ねこまちこまちはねこまちの、だいひょうばんのこまちねこ。こころもかるくてみもかるい、こまねちねこまちねここまち。きゃっとくうちゅうさんかいてん。

あれも猫、これも猫、たぶん猫、きっと猫。そして、どっちを向いても猫、どこまで行っても猫。これは、猫を宇宙に置き換えても成立する。もし成立しないのであればその宇宙は間違っているから、猫による修正が必要。

家と家との狭い隙間を通ってしか出入りのできない四角い空き地が近所にあって、そこは誰のものでもない土地、という話だが、雪が積もると蜜柑大のかまくらが隙間なく並ぶから、きっと誰かのものではあるのだろうな。

猫はコタツで丸くなる、のではなくて、猫が丸くなったからそこにコタツが在って、コタツだけが在るのはおかしいから座敷が在って、同じ理由で家が在る。もちろん我々人間も、と力説している男の顔は、猫に似ている。

なんとか年は越したが新年早々に死んでしまった老猫をあやめがたくさん咲くところへ埋めに行っていたのだそうな。そんな話をしていたら台所の床が、ことことことん、と鳴った。音だけはまだこっちに残っているんだな。

台所の端のカーテンがもうぼろぼろだから、丈はちょっと足りないがこれでもいいいか、と貰ってきたやつに付け替えた。カーテンを閉じても、そこを通路にしている猫の通過だけは見える。なんだ、ぴったりの丈だったな。

猫の集会ではなく、猫になるための集会なのだ。もちろんそのために参加している。人だけでなく猫の姿もあって、でもその猫は最初から猫だった猫ではなく、ひと足先に猫になった人だというのだが、本当なのかにゃあ。

道端にいつもぺたんと伏せるようにして寝ている猫がいるのだが、最近なんだか大きくなったような気がして、よくよく見ると薄くなっている。もうほとんど厚みはないがそのぶん面積が大きく、額でさえもずいぶん広い。

人が猫を演じる芝居の稽古をやっていると、いつもどこからか複数の猫の声が聞こえてくるのだが、もしかしたら近くで猫が人を演じる芝居の稽古でも行われているのだろうか、あるいは猫が猫を演じる芝居の稽古なのか。

照明機材を調節するためのキャットウォークが天井のすぐ下にあって、そこを猫が歩いているのを見た。猫なんか入り込めるはずがない、と劇場スタッフは言うが、見た者は何人もいる。猫を演じている何かだったのかな。

飛び猫は、前足と後足の間にある皮膜で空気を捉えて飛行すると思われているが、その方法ではあのように滑空することしかできないはずで、その前に彼らがどうやって高度を得ているのかは、じつはまだわかっていない。

運送用ドローンの航路の近辺で飛び猫がよく目撃されることから、彼らはドローンにフリーライドして高度を得ているのではないかと考えられる。ドローンを自分の手で操縦する猫を見た、というのは単なる都市伝説だが。

もちろん猫にもいろいろあって、だから自分に合う猫を見つけるのが肝心、といろんな猫を観察したり動画を見たりしたが、結局は自分の中にいる猫を引き寄せるのがいちばんだと気づいて、餌付けに取りかかったところ。

猫耳と尻尾を付ける芝居に出ていたせいか今も、耳と尻尾が付いている感覚が身体から抜けない。慣れるまでは苦労したが慣れるとそれが当たり前になるのだな。ヒトの形でいるのが当たり前になったのはいつからだっけ。

いつもの空き地にいつもの猫がいる、と思ったら、様子が違う。走った。前方の雀を狙っているようだ。跳んだ。普段からは想像もできなかった思いがけない野生に驚く。間一髪で雀は飛び去り、いつもの猫がそこにいた。

最近よく物干しで猫が日向ぼっこをしていて、でもその侵入経路がわからない。いつも物干しの縁からだいぶ下にあるブロック塀に飛び移って走り去るが、逆ができるとは思えない。日常の謎、いや、非日常の謎なのかな。

いつも歩く道に更地ができている。唐突に出現した穴のような空間は、自分の歯が抜けたかのように頼りない。ここ、何があったっけ。記憶にも穴があいている。帰宅して妻に尋ね、ドーナツ屋だったことを知って、納得。

猫の地図を手に入れた。猫が手にしていたから猫の地図だとわかったのだが、猫の手で作られたものなのか猫以外の手によるものなのか。この記号が集会場であることはわかったが、さらなる読解には猫の手を借りるしか。

いいかげんに炬燵はしまわないと。何気なくつぶやいた一言に、妻と娘が大反発。そう言えば、この冬は炬燵に一度も足を入れなかった。二人で占領して入らせてくれなかったのだ。炬燵の中で何が進行しているのだろう。

洗濯物を抱えて物干しに出ると、日向ぼっこをしていた知らない猫があわてて走り去った。盥の水が減っていたからホースで注いだ。しばらくすると水底で冬眠していた亀が水面に顔だけ出した。多様な時間が流れている。

夜、走っていて、ひさしぶりに猫の集会に出くわす。いろんな猫がいる。闇を切り抜いたような猫、雲を固めたような猫、波打っているような猫、他にも様々な猫。月の光を集めたような猫が、すべての猫を照らしている。

妻と娘がいない家の中は静かで空っぽで、でもしばらくするといろんな音が聞こえだす。階段を駆け上がったり、二階を歩いていたり。そう言えばここに越してきたばかりの頃はそうだったよなあ。そうか、まだいたのか。

出ていたはずの月が見当たらない。月を探して高台まで行った。そこから見下ろす町には大きな影が落ちていて、この高台も影の中。それなら月は見えないか。振り向いても空には何も無く、大きな影は猫の形をしている。

月蝕でもないはずなのに、見る見る月が欠けていく。月面に落ちた何かの影が、月全体を覆うように広がっていく。太陽と月の間を何かが横切っているのか。その影には猫耳があって、つまり大きな影は猫の形をしている。

猫の卵を買いに。白猫は白、黒猫は黒、三毛猫は三色、虎猫は縞。卵も同じ色と模様でわかりやすい。ごくまれに緑色の卵があって、それは政府が高額で買い取るとか。ただの噂だと思っていたが、このあいだ本当に見た。

膝の上にもぴったりの、サイズと重みの猫ラジオ。ごろごろ鳴るのを聴きながら、いちばんいい音出すところ、撫でて見つけてチューニング。猫なのにチューニングとはこれいかに。ふたつ並べるとステレオで鳴るらしい。

妻と娘が朝から動物園。用事を済ませて帰宅すると、妻と娘はまだ。暗くなる頃に帰ってきた。あんなによく行ってるのにまた最後までいたのか。すると声をそろえて、動物園がいちばんいいのは閉園前の三十分なんだよ。

ほどよい風の吹く夕方で、路地の彼方をイタチが駆け抜けていくのが見えた。よく見かける白黒の猫が電信柱の陰から現れ、こちらには目もくれず走り去った。猫も急ぐのか、と思った。太陽がすごい勢いで沈んでいった。

妻と娘が朝から自転車で蚤の市。掘り出し物を見つけたいのだそうな。夕方になると、自転車のカゴと荷台を今日の掘り出し物でいっぱいにして、楽しげに帰ってくる。掘り出されてここへ来たあの日のことを思い出した。

猫に小判が付いている。額にある小判状の吸盤で貼り付いて、大物のおこぼれに与る。もともとはそのためのものだったらしいが、そんなことせずとも猫は食べ物にありつけるから結局は使わないままで猫に小判である。

空き地に見たことのない複雑な機械が置いてある。乗り物のようにも見えるのは、座席みたいなものが並んでいるからだが、座席にしては小さくて、でも猫ならちょうどいいのか。なぜか猫たちがそれに群がっているのだ。

娘は恒例の校庭キャンプ。花火をするというので妻と見物に。ほぼ同時刻、国際宇宙ステーションが通過する。月と火星の横をかすめるのが校庭から見えた。子供の頃に想像した未来とはだいぶ違うが、未来には違いない。

郵便局からの帰り道、いつもの路地で馴染みの猫とすれ違った。なんだかやけに急いでいた。そう言えば、このあいだすれ違った別の猫も急いでいたな。最近、猫の集会を見ることが多い気がするのは、気のせいだろうか。

路地裏にずらり並んだ水の入ったペットボトル。それらが日光を反射し屈折させて濃い陽だまりを作る。猫よけに置かれていたのを猫が配置し直し、日向ぼっこに使用しているらしい。猫のソーラシステムと呼ばれている。

物干しに出ると猫がいて、猫のソーラシステムのことを書いたでしょう、と言う。黙っていると、急に暑くなってきた。見回すと幾つもの反射光が周囲の家々の屋根からここに集中している。軍事技術に転用されたようだ。

見覚えのない猫だが、猫のほうから近づいてきた。触らせてくれる猫なのか。手を伸ばし撫でようとすると、ぱらりと捲れた。ページを捲るように捲れる。捲っても捲っても同じ猫。そういう本か。あるいはそういう猫か。

鎌を研いだような月、とは昔の人はうまいこと言ったもんだ。夕空にくっきり白いその形を見上げて思う。何を刈り取るための鎌なのか。骸骨が持っている長い柄のついたあの鎌でなければいいが、とやけに赤い空の下で。

ツチノコと呼ばれる未確認生物の正体については、「足の短いトカゲ」説「太った猫」説「濡れたイタチ」説「捨てられた麺棒」説、等々諸説入り乱れており、中には「あんな形状の蛇」などというかなり無理のある説も。

シンクロナイズドスイミングの選手が学校に来たんだよ。娘が大興奮して帰ってきた。なるほどそれで、と二人に分裂した娘に納得する。そのまま二人でシンクロし続け、今は疲れて眠っている。シンクロナイズド睡眠中。

うちの小学校には七不思議がないから、みんなで考えることにしたんだ。娘が言う。最初に考えたのが、この学校には七不思議がない、という不思議。でも、そのせいで残りの六つを考えることができず困っているらしい。

せっかくいい空き地が出来たというのに、いつのまにやらフェンスで囲まれて入れなくなってしまって、けっこうがっかりしたのだが、そのフェンスの中で猫たちが無防備に寝転がっているのを見て、まあいいか、と思う。

フェンスに囲まれた空き地に一軒だけ残っている家の、瓦屋根ならら鬼瓦があるであろう位置で、もふもふの茶色い猫が曇り空の低い一点を見つめていた。こっちに気づいたらしく目があったが、うるさそうにすぐ逸らした。

とつ、とつ、とつ、とつ、と肉球が乾いた音でリズムを刻む。まっすぐに立てられた長い尻尾は、まっすぐのまま左右に揺れている。メトロノームの真似をしていることはわかるが、なぜ猫がそんなことをするのかは不明。

雨上がりに妻と娘と三人でお城の周りを歩く。こうして三人でぶらぶらしていると、旅行しているような気分になる。こんなに近くにお城があるんだなあ、などとあらためて思ったり、お堀にいる謎の生き物を観察したり。

梅雨の合間に日が射した明るい表通りで、なおなおなおなあお、と猫たちが歌う。いろんな猫のいろんな声があるが、どの肉球と尻尾も同じリズムを刻んでいて、どの声も同じひとつの歌の上。なるほどあらゆる歌は恋の歌か。

どこかの山の上に何かをしに行っていた妻と娘が帰ってくる。なんだか前より大きくなっている気がする。娘は成長期だからそれもあるだろうが、妻も、というのは変だ。そう言うと、そっちが小さくなったんじゃないの。

二階の北の窓に何かがずとんとぶつかったと思ったら猫の体当たりで、驚いて開けると二階を突っ切って南の窓に体当たり。開けるとそのまま出て行った。それが十日ほど続いてぴたりと来なくなったが、何があったのか。

裏の家との境のブロック塀の上を通路に使っている猫たちの中に、顔が大きい、というか、鰓《えら》の張った顔の猫がいて、恋の季節になるとじつによく通るいい声を出す。いつからか、エラ・キャッツジェラルドと呼んでいる。

朝から雨。なおなおなあああお、と軒下で猫が鳴いている。また歌っているのか。降っても晴れても歌うのか。このあいだ雨上がりに歌っていたときと違って一匹だけで、なんとも陰鬱な声。まあこれはこれで悪くないが。

猫に選ばせましょう。彼女は言った。そうだな、と彼。こんな大事なことは、人間ではなく猫が選ぶべきだ。猫の手で、と彼女。猫の手で、と彼。猫はしばし考えるふりをしてからぷいと横を向き、とつとつと歩き去った。

いつもの空き地を通りかかると
いつもの猫が熱心に何かを探して
いるようだった。いつもの路地で
も別の猫が何かを探しているよう
に見えた。そしていつものこの店
の前でも。猫たちが大事にしてい
る何かが失われたのか。

人には人の道、蛇には蛇の道があるように、猫には猫の道があり、それは人の道に人の家の屋根や塀の上を重ねたもので、人も訓練次第ではそれを利用することができる、とブロック塀の上を歩いてきた男が教えてくれた。

猫に取り付けたカメラから、今も映像が送られてくる。猫の視点で猫の道を行く。夢のようだ、というか、こんな夢をよく見ていた。つまりあれは正夢だったのか。今日初めて空を飛んだ。明日はもっとうまく飛べるはず。

夏日というだけあって朝から入道雲が立ち上がり、なぜだかそれは猫の形。そして形だけでなく動きも猫。見れば見るほど猫。本当に雲なのか。となると、あのあたりから聞こえるごろごろごろごろもはたして雷なのかどうか。

殺人事件があったとか。黄色と黒のテープが張られ、路地がブルーシートで覆われた。ワゴン車が何台も停車している。テレビカメラを担いだ男たちがうろうろ。いつも餌をもらっていた猫がいつものところで待っている。

あの猫がいつも道の真ん中を歩いているのが不思議だったが、あの猫はあんなふうに見えているだけで本当は自動車くらいの大きさ、と聞いて、なるほど、と納得したそんな記憶はあるのに誰から聞いたのかがわからない。

また猫が来た。このあいだ貸した手を返せと言うのだ。猫の手などここにはないし、そもそも借りた覚えもない。そう言うと、全身の毛を逆立てながら帰っていく。だが、しばらくするとまた来るのだ。誰だよ、借りたの。

日向を歩くにはあまりに日差しが強い。おまけに帽子を忘れてきた。道路に落ちている影を探し、影を選び、影から影へと渡るように歩く。ゲームでもしているかのように夢中になり、顔を上げたら知らないところにいる。

ブロック塀を登ろうとしている
その途中で固まった猫。そんなふ
うにしか見えないが、近づいて見
ると背中が割れていて中は空っぽ。
蟬の抜け殻ならぬ猫の抜け殻だ。
そう言えば最近猫を見ない。猫は
何になったのだろう。

ごろごろごろという音が急速に近づいてきたかと思うと、窓の外が青白く光った。窓を開けると、すぐ下の道路にバランスボールほどの大きさの雷がいて、その場でスパークしている。いちど餌をやったのがいけなかった。

近所の馴染みの猫が固まっている。あいつも抜け殻になったのか、と思ったら、まだ入っている。では、もうすぐ出てくるのか。道端で観察を続けると、出てきたのは馴染みの猫。こっちを見て、なあああお、と鳴いた。

朝から空はトンボだらけで、夕方にはそのトンボが腰くらいの高さを川のように一方向へと流れていく。この流れはいったいどこまで続いているのか。流れのままに歩く。路地を抜け町を出て土手を歩き海に出て秋が来る。

猫に空気を入れて大きくするだけの簡単な手作業と大きな猫にあいた小さな穴をふさぐだけの簡単な手作業と大きな猫に小さな穴をあけるだけの簡単な手作業とがありますが、どの手作業にもこの猫の手が必要になります。

今日も猫を組み立てる。あらゆる角度から猫を書いた文章を集めれば、どの角度からもそこに猫が見えるはずで実在する猫と同じ。でも実際は角度にかなり偏りがあるから、小さな穴から覗いたときだけ見える。そんな猫。

授業参観は理科室で実験。これがじつにじれったい。何をやってるんだ、先に試験管は水に入れとくんだ。違う、そこでゴム栓だろ。早く。もうっ、ちょっと貸せ。ほら、こうだっ。気がつくと実験しているのは全員大人。

ころころころがっている猫がいる。常にころころころがり続ける猫だから、輪郭のぼやけた茶色い球のようにしか見えない。にも関わらずそれが猫であることがわかるのは、同じ向きにころころころがりながら観測したから。

妻と娘は怪獣映画へ。もともと私が好きな分野なのに。娘は私とではなく妻と行きたいらしい。がーん。ここで、一緒に行きたい、などと言うのはいくらなんでも大人げないだろう。君たちは好きにしろ。私も好きにする。

地面に突き立った杭、そのてっぺんに猫がちょこんと座っていた。猫に困った様子はないから、好きでやっているのだろう。一種の流行かも。視線を感じて見上げると、なんとどの電柱のてっぺんにも猫がいて、猫で満杯。

音の伝わりかたが変わるのか、雨の降る夜にだけ踏切の警報機の音が聞こえる。雨音のむこうから、かあんかあん、とかすかに聞こえてくるその音はもうすっかりお馴染みだが、踏切がどこにあるのかいまだにわからない。

雨が降ると雨だれで屋根のトタン部分が鳴って、その鳴りかたでどのくらいの降りかががわかる。昨夜はずいぶん鳴っていた。ところが朝見ても道路は濡れていない。あの音を模倣するものが複数、屋根に棲んでいるようだ。

開くなどと思ってもいなかったのにいきなり開いたから、それが箱でもあったことがわかる。箱を開けてみるまで生死が確定できない猫の噂は聞いていたが、開いたから箱でもあったとわかる猫、しかも生きているとはね。

猫が開いて箱でもあったことがわかり、それはそれでよしとして、ではいったいその中には何が。大きなつづらならお化けだが、ほどよい大きさの猫でもある箱には何が。そうかやっぱり空っぽか。でも入るには小さいな。

みみのあるはこではなくはこねこで、はこねざいくのはこねこだから、はこねはこねこ。はこにもねこにもなるはこねはこねこ。そんなはこねはこねこは、はははこねはこねこで、そのはこのなかにはこはこねはこねこが。

耳のある箱ではなく箱猫で、箱根細工の箱猫だから、箱根箱猫。箱にも猫にもなる箱根箱猫。そんな箱根箱猫は、母箱根箱猫で、その箱の中には子箱根箱猫が。と母箱根箱猫と子箱根箱猫のことを漢字も入れて書いてみた。

なあああお。猫マンが来た。猫マンの必殺技は猫パンチ。猫マンの弱点は猫ジャラシー。普段は猫を被っているがここぞというとき猫マンに変身する。猫マンの食事は猫まんまそのまんま。出たな鼠マン、ちゅーるっ！

なああああお。猫マンが来た。猫マンの必殺技は猫パンチ。猫マンの弱点は猫ジェラシー。普段は仲良くしているが恋の季節には猫マン同士のバトルが勃発。黒猫マン対灰色猫マン対虎猫マン。ジャッジは三毛猫ウーマン。

いつしか運動会という名のビデオ撮影大会と化しており、やたら複雑化したビデオ撮影に関するルールのその隙間をかいくぐって可能な限り有利な位置からわが子を撮影するという競技が、いちばんの盛り上がりを見せる。

風。彼は言った。とくにその鳴りかたと圧のかけかた。それと、雨。おもにリズム。跳ねかた。それは大きいな。あ、それに忘れちゃいけない、猫。いろんな猫にいろんなことを教わったなあ。うん、みんないい先生だよ。

頭さえ通ればどんなところでも通り抜けられると聞いていたが、なるほど頭がつかえて動けなくなっているのだ。まあ頭が通らないのだから仕方がないのか。しかし不器用な猫だな。いや、頭でっかちな猫、と言うべきか。

明け方、いつもそれで目が覚める。現実に聞こえているのか、夢の中で聞いているだけなのかはわからないが、なんにしても必ず目が覚めるのだから、身体のどこかで聞いてはいるのだろう。鯨の歌声に似ている気がする。

何年か前に旅先で買ったスノードーム。中央に立っている塔が少しずつ傾いてきている気がしていたが、気のせいではなかったようだ。雪の粒も溶けてきて、世界は灰色に濁っている。まあ買ったときよりもよくなったな。

月の明るい夜に物干しに出ると、屋根の連なりの向こうに幾つも物干しが見える。昼間には見えない遠くの物干しまで見えるのは、月の光にそんな特性があるからか。そんな物干しから物干しへと渡っていくあれは、猫だ。

同じことを同じように繰り返すだけのはずが、なぜか毎回、微妙に違う。いや、大きく違うこともある。写真に撮ってみたら、ぶつぶつの位置や大きさが変化していることがわかった。このオルゴール、生きているらしい。

寝る前、灯りを消した途端、天井裏をつとととととと、と鼠が走るのだ。四畳半の正方形の天井、その北東の角から南西の角までを、音はまっすぐ移動する。音が聞こえるのは、一日それ一回だけだ。鼠ではないのかな。

月の明るい夜に物干しに出ると、屋根瓦の連なりが波のように見えたりするものだが、今夜は本当に波打っていて、大きく揺らぐその波間を何かが泳いでいくのが見える。泳いでいるように、ではなく、泳いでいる。猫だ。

路地の奥のこの借家に住み始めた頃、物干しの向こうは空き地で東の空によく虹が見えた。今は家が建っているが、夜中に物干しに出るとなぜか空き地だったりする。翌朝には家に戻っているから虹のようなものだろうか。

首に手紙を付けて、彼方の物干しまで泳いでいってもらう。物干し間における情報伝達の方法は、今のところそれが唯一。月夜の屋根瓦の波と干渉し合いながら渡っていく量子化猫。略して化猫、なんて呼んだら怒るかな。

路面電車の幽霊が出るらしい。
ちいん、ちいん、と鐘を鳴らして
かつて線路が敷かれていた道を走
る。運転手も乗客もいないのに、
線路のあったところしか走らない。
路面電車の幽霊には線路の幽霊が
見えているのだろう。

土星と木星と月が一直線。土星と木星は寄り添うように並んでいて、すこし離れて月。それはなんだか天秤の両端で釣り合っているようにも見える。ちょうどその真ん中にある三角屋根のてっぺんに猫、というのは偶然か。

土星と木星と月が一直線。土星と木星は寄り添うように並んでいて、すこし離れて月。そのずっと先には今、彗星があるはずなのだが、雲がかかっていてわからない。屋根の上の猫もそっちを見つめているようではあるが。

この季節には博物館で点検作業のアルバイト。たまに、どこにも標本番号の付いてない不明品が混ざっている。まあ何年もやっているからすっかり慣れたし、そういうときの処理も心得ている。最初の頃は怖かったけどね。

よく猫がいる屋根の上に今夜も猫がいて、でもその隣に三角座りをしている人間らしきシルエットも。そうか、今夜は流星群か、と納得して、いいなあ、と思わずつぶやいたら、こっちに気づいたのか人間の声で、にゃあ。

よく花が供えてあるのは事故の多い交差点だから、と思っていたが、最近どうも順序が違う気がする。というのも、花を見た翌日に事故を見るからで、それがただの気のせいなのかどうか、花を買って確かめてみようかな。

平面の映像でしかないそのフレームの外側も映像で作り、平面の猫が飛び出して立体に見えるようにした。さらに猫が自由に歩きまわれるように外側を拡張していき、人間もその一部に。そのようにしてこの世界はできた。

ブロック塀と台所との隙間を猫が通り過ぎる。いつもは塀の上を歩いている猫だ。朝から何度も通り過ぎている。尻尾の先が曲がったあの猫にいったい何が起きたのか。今、イタチが通り過ぎた。尻尾の先が曲がっている。

檻の中に何かがいるようなのだが、何がいるのかわからない。これが何の檻なのか檻の前に書いてあるのだが、何と書いてあるのかわからない。子供の頃からずっとそうなのだ。大人になったらわかると思っていたのにな。

火星探査機が送ってきた映像に乾いていないコンクリートそっくりの地表が。水の流れた跡か、と研究員たちは盛り上がり、そこに猫の足跡を見つけてさらに盛り上がる。犬かも。いや、猫です。複数の研究員が断言する。

冬になると家中の襖という襖を開けて歩く年老いた猫だったが、どうやら夏へと通じる襖を探しているらしい、と家族が気づいたときには、開けた襖を自分で閉じるようになっていて、尾の先は二股に分かれていたそうな。

前から茶色いボウリングのボールみたいなものが転がってきた。驚いて避けるとボールは側溝に落ち、途端に茶色い猫になった。猫が丸まっていたのか。それ以来、いろんな色のボールを路地で見かける。どれも猫の色だ。

見る度に大きさの変わる猫かと思いきや、変わるのは大きさではなく存在確率だとか。うん、たしかに大きいときは薄くなっている。いつもの場所に見当たらないときは、いないのではなく世界中に遍在しているのだろう。

物干しから見えるトタン屋根の端にたまに猫がいて、いつも同じ方角を見つめている。うちの亀も物干しの金網のあいだから、首を伸ばしてよく同じ方角を見ている。だから結局、私も同じ方角を見ることになってしまう。

日当たりのいい物干しで、猫が亀を枕に昼寝をしている。亀も冬眠中だというのに猫の枕になれるよう、そんなところにいるのだ。そうやって猫と亀は夢を交換するらしい。どちらが得しているのかは知らない。そんな夢。

静かな夜、遠くから汽笛が聞こえた気がすることが前からたまにあって、しかしそれは気のせいではなかったと今わかった。そうか、冷蔵庫の中から聞こえていたのだ。あの白い扉の向こうには、冷たい港があるのだろう。

あの路地にある廃屋、今もゆっくり落下し続けている。ひさしぶりに前を通ったら、だいぶ小さくなっていた。縮小しているのではなく、落下して遠ざかっていくから見た目は小さくなっていく。屋根の上の猫も、小さい。

雨カモシレズ風カモシレズ砂カモ波ノ音カモシレズ箱ノ中ニヰルカギリドレトモ確定スルコトハデキズソノ箱ヲ開ケラレナイ限リハ自分ガ生キテヰルノカ死ンデヰルノカ確定スル必要モナイサウイフ猫ニワタシハナリタイ。

今は駐車場だが、昔は映画館があった。壁だけが残っていて、こんな生ぬるい夜にはこの壁にいろんな映像が映る。あの映画館の幽霊だ、なんて言う者もいるがね、いやいや、映画館だった頃から出てたんだよ、この幽霊。

ブロック塀の上で猫が止まっている。いつもは歩いているのに、今日は動かない。よく見ると、その猫の時間が止まっている。今日はいろんなところでいろんな猫が止まっていることを知る。猫は共に猫時間を生きている。

長く住んではいるが、あんな音は初めて。雨で屋根のトタン部分が鳴るのをもっと激しくした音だった。えらく降ってるなあ、と思って寝たが、昨夜雨は降らなかったことを知る。窓を開けて確かめなくてよかったのかも。

頭は猫だが胴体は蛇。そして蛇そのものの動きでS字を描いて移動する。蛇に呑み込まれたが頭だけ口の外に出ている猫なのか、猫を丸呑みしようとして失敗し猫に着られてしまった蛇なのか、もともとそういう生き物か。

昨夜の雨と風で盛大に散った桜が、雨水の流れた跡そのままにアスファルトの上に点線を作っている。途切れそうで途切れない桜色の線をたどっていくと、以前は川だったらしい路地に出る。当たり前といえば当たり前か。

なあああお、なあああお、と一日中聞こえる。なあああお、と声を真似ると、なあああお、と返ってきた。なあああおと呼べばなあああおと答える。正体を見せて驚かせてやろうと戸を開けると隣人が立っていて、なあああお。

猫の集会に参加する権利が売りに出されている。けっこう高い。遊びで買えるような値段ではない。もちろん集会は遊びではないのだから当然だろう。しかし猫以外の参加も認めるなんて、猫は多様性を大事にしているな。

銭湯の名前には残っているのだが、もう今ではここに橋はない。橋があったということは川もあったはずだが、そんな跡も見当たらない。まあ強いて言うなら、雨が続くと路地を奇妙なものが這いまわったりするくらいか。

いつも通る路地のいつものいつもの石の上にいつもの猫がいて、こっちを見て、なあああお、と鳴くからなんだか嬉しくなって、なあああお、と返す。そこへ、なあああお、と背後から声がかかった。人間なのか猫なのかそれ以外なのか。

白壁に緑の蔦が這っていて、それが文字のように見えるのだが読めそうで読めない。毎年、もうちょっと、というところで冬が来て枯れ落ちるのだ。今年もやっぱり這い始めたが、おや、書いてある文章がいつもと違うな。

　なあああああああああああああああああお、と猫。なああああああああああああああああおお、と別の猫。なあああああああああああああああああああお、とまた違う猫。最近やたら胴体の長い猫を見かけるなあ。

近所でよく見かける猫の額に赤い花が咲いていた。そういう髪飾りなのかと思ったが、どうやら本物の花らしい。額に生えている。おまけに、よく見ると毛は全部針なのだ。サボテンかよ。撫でさせてくれる猫だったのに。

空き地に花壇が、と思ったら、猫だ。日向ぼっこしている。知っている猫も知らない猫もいるが、どの猫も額に花を咲かせている。猫のあいだで流行っているのか。どうすればああなれるのか。ヒトにはうつらないのかな。

猫の声がやけにうるさいので行ってみると、普段は集会をしているあたりで、地面に立てたマイクに向かって、なおなおなおなおと叫んでいる。選挙の季節か。しかし、一匹がマイクを使うと皆使うことになるのだろうなあ。

これまで掘り出したり拾ったり貰ったりした部品を組み合わせて、猫を作っている。部品の中に猫成分の多いものが頻繁に見受けられるから。もちろん本物の猫になるはずもないが、本物ならいい、というわけでもないし。

いつもよりきつく叱ったら、ぐずぐず泣き出した。それを見て、こんなふうに泣くのを見るのは初めてだな、と思う。泣かない娘なのだ。これまでずっとそうだった。泣きやんでから、いっしょにアイスクリームを食った。

たくさんの猫を集めて猫を作った。次は、この猫の引き取り手を見つけねば。たくさんの猫を集めて作った猫ではあるが、重ね合わせの状態にあるので世話する手間は猫一匹分。そう言っても、なかなか信じてもらえない。

子供の頃から大好きだったあの怪獣映画のテーマ曲を自分の娘が演奏するのを聴くことになるとはね。しかも同じ楽器。こっちは大人になって始めたから、きっとすぐ抜かれるな。ま、それも含めて思いがけない贈り物だ。

死んだ猫を撮るために殺された猫が復讐する映画です。監督が言う。なるほど現場は猫だらけ。屋根の上にも猫がいて、くいくい、と手を動かすと監督が動く。それを撮影している猫もいて、メイキング映像も怖そうだな。

妻と娘は今日からまた登山。いつも二人で行く。お守りに蛙のフィギュアを渡す。なんで？　と娘。無事にカエル。そう言うと娘は大笑い。帰るって、今から帰るところなのに。しいっ、と妻。それでも蛙は持って行った。

フェンスで囲まれた空き地の中にそこだけ草のない一本道があって、こうして眺めている間も小さなドローンのようなものが次々飛んできては去っていく。タッチ・アンド・ゴーの訓練っぽく見えるが、正体も目的も不明。

あの空き地の中の一本道に猫が並んでいて、飛んでくる小さなドローンのような飛行物体に猫パンチを繰り出す。それをかわしながらタッチ・アンド・ゴーを続ける飛行物体たち。これは訓練なのか、あるいは実戦なのか。

旅先で買ったスノードーム。すぐに中央の塔が傾き、雪の粒が溶けて世界は灰色に。今ではドームを満たしていた水も蒸発してしまい、砂漠の斜塔、という風景。とんだ不良品だったが、でも現実を正確に反映してはいる。

確率の波の中から拾い上げるまで、それがどんな猫なのか、生きているのか死んでいるのかすらわからない。もっとも、猫が死んでいたら猫に認識してもらえないこちらも存在できないから、それを心配する必要もないが。

すたとんてんとたんとんとんとん、すたとんてんとたんとととんとん。雨だれがリズムを刻んでいて、トタンというのは、この音からきてるのかな、などと考えながら、雨の日にだけ現れる小さなものたちの踊りを眺めている。

空き地に猫が群れている。水溜まりで泥まみれ。肉球で捏ねた泥。そんな泥で出来た猫の形が動き出す。ではあいつらも泥まみれの猫ではなく、猫の形の泥なのかな。空き地の中央に、巨大な泥の猫が出来上がりつつある。

アスファルトの上に赤や青や黄色で複雑な図形が描かれている。ガスや水道の工事をするための目印だと思っていたのだが、その数メートルほどの範囲だけ。このあいだの夜通りかかったら、いくつかの図形が光っていた。

砂猫がいる。空き地の水溜まりで遊んでいた泥猫が乾いてそうなったのだろう。泥猫を乾かす風猫、砂猫を再び泥猫へと戻す雨猫、そのあたりまではわかるのだが、そこに日が射した虹猫、となるとまだ見たことすらない。

世界中で猫型のＵＦＯが目撃されて、その写真や動画がＳＮＳ上に溢れたが、もともと猫の映像には不自由しない場所だから人々はすぐに慣れてしまい、よほどかわいい猫型ＵＦＯでもない限りは、もうバズることもない。

娘が幼い頃にそこを通るのを怖がって、でも理由を教えてくれなかった路地。昨日通りかかったら、通れなくなっていた。私道、通るな。吸殻を捨てるな。常時監視中。そんな貼り紙で埋め尽くされている。これなのかな。

外出自粛の要請にも関わらず空き地に群れているのは、迎えの船が降りてくるという噂だから。でも、猫しか乗せてくれないという話もあって、それで皆、耳と尻尾を付けている。その程度でも猫と認定してくれるらしい。

猫なら助かると聞いて、なんとか猫にしてもらえないものか相談に来たが、猫のほうがずっと位が上なのによくもまあ、と係員に笑われる。何にならなれるんでしょうか？　ナメクジとか。助かりますか？　塩には弱いよ。

いつも通る路地の更地に猫が生えている、と知ったのは半年ほど前。生えているから逃げもせず撫でさせてくれる。空き地ではなく猫のために用意された土地なのだと今はわかる。猫はよく育って小型乗用車ほどになった。

猫が行くぞ、というのが彼のお決まりの脅し文句だった。つべこべ言ってるとお前のところに猫が行くぞ。実際にそう言われた奴を何人も知っている。本当に猫が来たそうだ。それから何があったのかは、教えてくれない。

猫というのは一種の結晶で、だから鉱物であるとも考えられる。地面から猫が生えているように見えるが、猫の巨大な結晶のその先端が地中から顔を覗かせているのである。正しく割れば、その欠片はすべて猫の形になる。

猫は一種の結晶であるから、様々な好条件が重なった場合、見上げるほどの巨大な結晶にまで成長することがある。そんな猫の巨大結晶を見つけた者の多くは、何もせずにただ猫の瞳に見つめられ続けることを選ぶという。

まず空き地。そこに塀が生まれ空間が分離され、それが塀のさらなる発展と分岐を促し、それがさらに空間を、というのがこの世界の基本構造。だから塀の上を歩けば世界のどこにも行ける。この探査機が猫型である理由。

誰にも話せないことも、猫にはつい話してしまう。そうすることで精神のバランスをとっている。そんな人は意外に多く、まあ馴染みの猫が望ましいが通りすがりの猫でもかまわない。この情報収集装置が猫型である理由。

まねき猫ではなく猫まねき。猫を引き寄せる力があるのだという。まねいた途端、わらわらわらわらとそこらじゅうから猫がやってきて、あたりはさながら猫の海。猫が波となって打ち寄せてくる。どこかで海猫が鳴いている。

猿の手に願いを聞いてもらった
ばっかりに散々な目にあい、もう
猿の手はこりごり。次は猫の手を
借りてきて願い事。もっとも猫の
手はそんなの聞いてはくれず、肉
球できゅうきゅう押してくるだけ。
だが、それがいいっ。

見つけた猫を組み合わせて作った猫。自分ではわりといい猫に思えるから是非見てもらいたいのだが、なかなか見てもらえなくて、そのあいだにまた別の猫を加えたりしていると、ごろごろかわいくてもう手放したくない。

巨大な船が降りてきて、ついに異星人が人類の前に姿を現した。そしてその瞬間、人類は彼らの言いなりになるしかないことを確信する。大昔から彼らは準備していたに違いない。彼らは美しく愛らしい猫の姿をしていた。

今年も目に見えない巨大な何かが上空を通過していった。目には見えないが、後に残る雲の形でそれがわかるから、空とは相互作用しているのか。毎年この時期だ。空と空をよく見上げる者だけが、そのことを知っている。

おかげでこの閉じられた世界にも四季が訪れるのだから季語にするのは当然だが、秋から冬と夏を作ると見るか、春から夏と冬を作ると見るか、によって、マックスウェルの悪魔をどの季節の語にするのかは変わってくる。

猫が流れていく。世界中で猫が流れていて、猫たちの流れの先に統合された猫がいる。数や体積や質量に関係なく、猫は猫であり続けられるのだろう。たとえ世界がどう変わろうと。そうはいかない我々はただ眺めるだけ。

生きているのかどうか箱を開けるまではわからないあの猫を生き物として扱うべきなのか、という議論は昔からあるが、量子化された猫、略して化猫、つまり生き物というより妖怪、という解釈でいいのでは、と私は思う。

それをやれば生存率が1パーセント上がります。そう説明されても、どういうことなのかわからない。生存と死亡、現在と未来のあいだにある確率の話だとはわかるが、しかし。とりあえず、あの猫にでも尋ねてみようか。

押入れの中には、たぶん今もいる。何度かお別れをしたのに、いつのまにか何事もなかったように帰ってきていた。未来から来たと言うが、それはこの現在と繋がった未来なのか。あの頃から見れば未来の今、考えている。

月と星と空き地と銭湯とカラオケスナックと隣町の高層ビルと商店街と路地と猫たちと昔は川だった道と電柱と電線と町工場と水路といつまでたっても道路にならない道路予定地と物干しと亀とで組み立てられた春に居る。

つい猫を作ってしまったので、責任上引き取り手を探さねばならず、でもなかなか引き取り手が見つからないまま、猫といっしょに暮らしている。猫も退屈なのか肉球で泥を捏ねたりしていて、その泥は人の形をしている。

猫たちを集めて、これからどうしたいかを尋ねてみたところ、予想していたことではあるが、すごく面倒くさそうに、日光と快適な寝床とうまい飯さえあれば、あとはどうでもいい、と。そんなどうでもいいがあるかあっ。

正面から猫が来た。顔見知りの猫だから声をかけたのに無視された。いつものことだ。猫というのは聞こえていても無視する生き物で、実験でも確かめられている事実らしい。私の姿は見えるし声も聞こえるはず。猫には。

その猫は、皆が持ち寄る様々な猫を組み合わせて作られている。猫を持ち寄る皆が皆、自分の猫こそ猫の中の猫と主張するが、そもそも猫には実体などないのだ。何百年後かに完成すると言われているその巨大な猫にさえ。

猫が星を見る。星が猫を照らす。

猫が月を見る。月が猫を照らす。

どの猫も自分を照らしてくれる星を持っていて、だから道に迷うことなどない。どの猫も自分を照らしてくれる月を持っていて、だからいつでも影が濃い。

またあの猫がいる。いいかげんやめるか、と思ったときに、あの猫がいる。目が合うこともあるが、目が合うと猫はゆっくり目を逸らす。お礼を言いたいが、猫にすれば知ったことではないか。次の猫までは歩こうと思う。